두방리에는 꽃꼬리새가 산다

시작시인선 0377 두방리에는 꽃꼬리새가 산다

1판 1쇄 펴낸날 2021년 5월 21일
지은이 장욱
펴낸이 이재무
책임편집 박은정
편집디자인 민성돈, 장덕진
펴낸곳 (주)천년의시작
등록번호 제301-2012-033호
등록일자 2006년 1월 10일
주소 (03132) 서울시 종로구 삼일대로32길 36 운현신화타워 502호
전화 02-723-8668
팩스 02-723-8630
홈페이지 www.poempoem.com
이메일 poemsijak@hanmail.net

ⓒ장욱, 2021, printed in Seoul, Korea

ISBN 978-89-6021-558-0 04810
      978-89-6021-069-1 04810(세트)

값 10,000원

두방리에는 꽃꼬리새가 산다

장욱

천년의 시작

시인의 말

다섯 번째 시집 앞에서 떨린다.

이 땅의 딸 바보 아버지들, 딸을 시집보내고 여러 가지 상념으로 혼자 앉아 술 한잔한다드니……

무엇이 나를 이렇게 외롭고 쓸쓸하고 설레이고 두렵고 홀로이게 하는가.

죽은 강아지를 흙으로 돌려보낸 아픔이 들어 있어서일까.

직장을 퇴직하고 내내 혼자 지내면서 이 시라는 녀석들과 씨름하였다. 출근하듯 아침엔 나의 두방리 정원에 몸과 마음을 모았다. 외로움은 행복이었다. 시를 쓸 수 있기에……이보다 더 나를 나답게 한 적은 없다.

흰 커피 잔이 참으로 편안한 친구였다. 물끄러미 바라보며 이야기도 하고, 웃어 주기도 하고, 눈물을 펑펑 붓어 주기도 했다.

온전히 나를 사랑한, 나에게 빠져 본, 나와 함께한 날들이 두방리 생활이다.

　　두방리에는 마을 숲이 아름답다.

　　백 년 넘은 노거수들이 마을을 지키고 있다. 나는 그 곁에 얹혀 즐긴다. 그 백 년 그늘 속에 꾀꼬리가 산다. 운다. 노래한다. 사랑한다. 새끼를 친다…… 나는 시를 쓴다. 그 꾀꼬리의 모든 것들이 나의 시가 되어 주기를 소망한다.

　　나에게는 진정으로 존경하고 사랑하는 스승이 계시다. 고하 최승범 스승이시다. 미수를 넘어서셨다. 내내 강녕하시기를 기원합니다.

　　오세영 교수님은 멀리 계시지만 내 안에서 나의 문학의 길을 이끌어 주신다.

　　두 분 감사합니다.

2021. 봄.

두방정원에서 장욱

차 례

시인의 말

일러두기

이 책의 본문 가운데 일부는 저자의 뜻에 따라 현행 한글맞춤법 및 본 출판사의 표기 원칙과 다르게 표기했음을 미리 알립니다.

제1부 두방리에는 꽃꼬리새가 산다

그리움만 너에게

니 생이 한 송이 꽃봉오리였으면
펄럭이면서 한 잎씩 구김을 풀어 가는 것이냐
맺힘도 새김도 나-폴-나-폴
바람결에 흩뿌리면서

맑은 하늘만큼은 맑은 대로 있지만
열매 맺는 영혼들은 뜨거워진 가슴으로
이 가을 깊숙이 고개 숙이고
묵상에 젖는데

코스모스 가는 흔들림 사이로
치열했던 일상은 스쳐 지나가거라
나 아닌 나 너 아닌 너
깃털 한 잎 나부끼며

무엇에 대하여 다시는 묻지 말자
슬픔도 시들어 누운 엷은 햇볕 가운데
다른 것 신경 하나 안 쓰고
그리움만 너에게

백 년 라일락

두방 뜰 나직이 나 됨도 부려 놓고
하늘의 무게로 등 굽어 섰다

한때는 송이송이 봄 달을 이고 진 청춘

모든 세상의 무게가 너에게 몰려와
화관을 씌우고 꽃 갈채를 보내더니

계절은 돌고 돌아 늙은 줄기를 비틀어 놓았네

백 년을 살고 다시 백 년을 죽어도
삶은 나에게 이르러 향기가 되었지

세상에 빚진 것은 그리움 하나 남았네

아름다운 것은 아픔에 가까워지는

나의 하루 아픔에 가까워지는 것이었을까

무심히 푸르든 가랑잎들이 내심 하늘에 눈을 주면서 붉
어지고 있다

찬바람 속에서 푸드덕거리며 높은 데 홰를 찾아 설치는
불안한 잠 익숙치 않은 흔들림 속에서 깊이 눈뜨는

깃털 깊숙이 틀어박은 부리를 꺼내어 하늘 능선 퍼렇게
쪼아대는 별빛 핏방울 맑게 튀기며 뜨거워지고 있느뇨

어느 영혼을 위하여 아침은 눈부실까

신단풍 작은 잎들의 무수한 몸부림 기꺼이 떨구어 내어
놓는 붉은 상처 몇 잎

아름다운 것은 아픔에 가까워지는 너에게 다가가 너가 되
어 가는 그리움 한 잎 쓸쓸히 물들어 가는

두방리* 서정시

맑은 커피 한 잔을 들고 고양이 걸음을 밟는다

숲으로 간다 속삭임들이 한창이다 햇빛은 나뭇잎마다 눈 푸르다 혀 붉다

돌아가신 만곤 어르신의 웃음소리로 꽃대** 엷은 잎들이 설핏 사운거리고

한 생의 짧은 달팽잇길을 따라 숨을 고른다

모든 쉼이 괴목 그늘 아래 눕는다 늙은 팽나무 잔주름 사이로 따스한 아픔이 여울져 하루가 고와지고 있다

썩고 텅 빈 줄기 바람만 가득하여 마음 가운데 홀로 된 고목들의 공허 쓰러져 누울지라도 가슴엔 하늘 소리

비우고 채움이 너와 나의 눈빛 사이 계절의 끄트머리 빗방울들의 맑은 울림

>

겸허히 기도의 자리 무릎 꿇는 묵상의 깊이

* 두방리: 완주군 구이면 모악산 동쪽 기슭 두방마을 숲에는 백 년 넘
  는 노거수들이 푸른 침묵으로 오랜 세월을 끌고 가고 있다.
** 꽃대: 시누대를 두방리에서는 꽃대라고 부름.

늙은 호박, 맑음 하나면 안 될까

가을 좌판 층층이 쌓여 웃는 얼굴들

쭈그러지고 뒤틀려 삐뚜룸히 앉았어도 해맑은 턱쪼가리가 가을빛에 소근댄다

익어 가다가 어느덧 늙어 버린 몸뚱이 푸르싱싱 곱던 시절 예쁜 엉뎅이 깔고 앉아 노랗게 꽃 한 송이 받쳐 들고 큰 꿈을 그렸지

가늘고 여린 덩굴손 하늘을 향하여 둥글게 감아 보아도 맴도는 허공 봉숭아 붉게 물들인 손톱도 없이 헤매었네

값으로 쳐서 몇 잎 던져 줄 수도 없는 허망한 생이었다고 말하지 마시라 길 가다 잠깐 멈추어 선 그대 눈을 사리

늙음은 늙음으로 아름다워질 수 없을까

말할 입도 없이 쫑긋 솟은 귓바퀴도 없이 퉁 하고 세월 바깥을 굴르는 맑음 하나면 안 될까

아침 단풍

바람이 불어도 좋은 날

초록은 먼저 나를 내어놓고 붉음에 눈부시다 바람의 끝에
서부터 흔들리기 시작하는

끝없는 부딪힘 내가 나를 향하여 깍, 깍 쪼아대는 괘종시
계 가는 바늘 끝

아무개 이름도 없는 무명의 아침을 열어 놓았다

붉은 줄 편지지 한 장 글썽이며 번지는 누구에게나 서슴없
이 아름다운 하루 그리움 켜켜이 쌓인 눈물 보석을 깨부수고

하늘 맑음뿐

내 안에 잠긴 하늘 가을의 뒤창을 열고

떠나가며 듬성듬성 이름 지어 놓은 삶 밖의 푸성귀들은
그늘 속에 눈 뜬다

빈집 처마 끝 낡은 거미줄에 맺힌 이슬 산목숨의 아침이
되어 주었을까 주리고 헐벗을수록 투명해지는 아침 햇빛

슬픔도 안에서부터 빛으로 차올라 맑게 씻은 눈썹 파밭
에 푸르다

가을은 이름 없는 것들의 이름이 된다

나 한 몸 들어 단풍 숲에 누일까 떨어질 대로 다 떨어뜨리
고 앙상한 나뭇가지 사이 더 남은 것은 없다

내 생을 서럽게 던져 불태운 영혼들아

육신의 장막 무거움을 거두어 너에게 가는 것은 나가 없
다 하늘 맑음뿐

그리움의 독배

헐벗은 빛무리들이

고샅고샅 서성이며 단풍잎들 귓불까지 베어 물고 나서 미
스 킴 라일락 빈 손마디를 붉게 꺾는다

생은 제 꺾인 빛깔들이 틈을 맞추어 쌓은 각성^{角城}
햇빛 큰 눈이 지켜 선 붉고 푸른 태극문
또 한 잎 흔들릴 때마다 열리는 낡은 풍경

어느 만큼의 높이로 나를 쌓아 올렸기에 하늘은 우리들
의 어깨를 짚고 올라 서러운 토막들을 툭 던져 먼 별에 꽃
을 피우는가

당신의 맑은 눈샘 고스란히 반짝이는 사랑의 기억은 누구
의 가을 통기타 쇠줄을 뜯어 아픈 손톱 밑 생가시가 되는가

백 년 그늘 비켜 떨구어 내고 남은

라일락 오막손들이 하늘 위로 받쳐 든 붉은 잔 잎사귀 몇
잎 그리움의 독배

풍선 덩굴

막내딸이 보내온 가을 사진 한 컷

붉음이 맑게 고여 흔들린다

파주 먼 그리움의 끝에서 매달려 왔는지

눈물 속에 톰방톰방 들려오는 너의 목소리

흰 구름 사이 하늘 구릉을 굴러와

제 몸에 한 그릇 담기는 제 영혼의 빛

저 햇빛 그물 속에는 무엇으로 채워져

무게가 되는가 울림이 되는가

한순간 덩그러니 낯 붉히는 빈 소리 빈 마음

너가 쳐 놓은 생의 높은 울타리에는

\>

무거운 짐 됨 하나 걸지 말아라

스치는 눈빛에도 톡 터지는 씨앗 날림 되어라

은행나무 빈 잔

소중한 하루를 선택하기 위하여

가장 아름다운 빛깔로 깃털을 세우는가 이 생애 절정의 순간을 받쳐 든 황금 만찬

저 높이에 다다른 지상의 가을 첨탑 오직 견고함 그 팽창의 끝에서 산산이 부서지는 눈부심 뭇 영들의 부르짖음

떨어지는 잎새들 상처 자리마다 깁고 꿰매는 영롱한 빛깔들아

비로소 아픔도 놓아 버리고 빈 잔을 받으시오

바람은 잔가지를 씻어 소제素祭를 드리나니 투명한 눈매로 흔들어 채워 주시는 공활한 하늘 푸르름 가을 축배 은행나무 뜰

가을빛 사랑이라

가을 나뭇잎들은 노랗게 눈을 뜨고

자기 자신을 들여다보게 되었다 자기를 한참 보다가 보여 주기 시작하였다

들여다보면서 들추어 내보이면서 뒤집어져 하나의 빛깔이 되어 가는 바람에 펄렁이며 모든 모서리가 닳아지는

곱게 묽어지면서 투명함에 이르러 영혼의 깊이까지 나를 내어놓는 내 안에 내가 빠져들어 내가 없는

맑은 눈빛 하나로 팔랑대는 가을 잎새들

붉고 노란 속삭임 너 또한 그 안에 있고 그 또한 너 안에 있으니 가을빛 사랑이라

산으로 간 길은 산이 되어 내려온다

산으로 간 길은 산이 된다

한 짐씩 풀어놓는 제 무게들이 새소리가 되어 울고 잎잎이 곱게 물들며 생의 안식이 따뜻해진다

친구야 그대의 길을 끝없이 따라가 보라

계절이 맞닿은 깊고 고요한 숲 삼나무 높은 나뭇가지 위에 바람으로 지은 집

누구든 바람 앞에 흔들리지 않으랴 빈방 홀로됨 고독 외로움 따위 모두 다 친구 친구의 친구 쓸쓸한 녀석들

쓸쓸함이야말로 나를 깨끗이 씻어 준다

겨드랑이도 오굼쟁이 간지러움도 파랗게 이끼가 돋아나 흰 바위 햇빛 비친다

산으로 간 길은 산이 되어 내려온다

>

　억새꽃 높이로 추억을 흔들며 물소리 달빛을 따라 멀리
개 짖는 마을로 간다

하늘 다듬잇돌

어느 영혼이 고운 손을 씻고 와

저렇듯 푸른 다듬잇돌 위에 소리도 없이 하늘을 펼쳐 다듬이질했을까

초승달도 가늘고 긴 팔목을 걷어붙이고 예쁜 엉덩이 쪼그려뜨리고 앉아 은하수 쪽물에 휘휘 저어 필목疋木*을 물들였겠지

철 찾아 날으는 기러기 떼들도 빈자리만 골라 날갯짓하느라고 끼르륵 끼르륵 맑은 소리로 울음 울었구나

안방 창호지 문에 비친 쪽머리 두 그림자 아내와 어머니 흰 눈발 속으로 엇박자 섞어 채며 가슴 깊이 다듬이질 하던 겨울밤

돌아가시고 안 계시는 하늘 어머니들은

누구의 두루마기를 지어 주시려고 이 밤도 별빛 사이 하

늘 푸르름을 펴고 있을까

* 필목疋木: 필로 된 무명·당목·광목 따위.

풍경 소리

두방리 큰 소나무 가지 끝 해거름에

풍경 소리 몇 잎 세어 달아야겠네 햇빛도 와서 자꾸 쳐다
보면 언젠가는 흔들리겠지

흔들림은 이미 나를 놓아 버림으로 나의 소리가 아닌 모
든 이의 빈 가슴 긴 울림 한 마디 쉼의 여백 그 맑음은 하늘
에 닿겠지

옛날 소달구지는 묵직한 걸음으로 뎅그렁뎅그렁 가을을
지나가고 흰 소매 눈썹달도 어른어른 흔들리며 따라갔지

검은 그림자들 침묵 사이를 지나 그의 소리가 되어 보았
을까 눈부신 절정 고요의 깊이에 스며들 수 있을까

모든 스침으로 소리가 맺힌다

눈빛이 눈빛에 이른 눈물 한 방울도 처마 끝 풍경 소리를
씻어 너의 바람을 기다린다

꽃벽 앞에서

산동마을 산속 산수유 백 년 고목 두방리에 와서 바람 속
에 서다

잔가지 뛰는 맥을 짚어 맺힌 겨울 꽃망울

저 들 밖 삭풍에 맞선 견고한 떨림 꽃눈과 꽃눈 사이 연애
편지 읽는 소리 별들의 숨소리조차 결빙된 꽃벽의 환희여

아침마다 더 맑고 투명해지는 치열함 햇빛 여울 그물코
속삭임까지 걷어 내고

천상의 보이지 않는 손들이 깎고 다듬는 영원의 깊이

내 영혼의 속잎 고독이라는 빙결 절정의 순간 꽃으로 부
서지기 위하여 꽃으로 꽃이라는 세상을 밝히기 위하여

두방리에는 꽃꼬리새가 산다

바람도 바람의 날개를 달아야 바람이 된다

파도도 파도의 벽을 넘어야 파도가 된다

사랑도 사랑의 쓴 잔을 마셔야 사랑이 된다

사슴도 사슴의 꽃무늬를 갈아입어야 꽃사슴이 된다

이슬도 이슬의 맑음으로 눈 떠야 아침의 예언이 된다

하늘도 하늘의 빗방울로 닦아야 푸른 하늘이 된다

사과도 사과나무 주인의 눈빛으로 익혀야 태풍을 이기고
가을 속으로 붉어진다

기도도 기도의 골방이 깊고 어두워야 빛의 기도가 된다

강물도 강물의 깊이로 흘러야 세상 노랫가락으로 굽이
칠 수 있다

하늘 못은 하늘의 눈으로 가득 차야 하늘 뜻이 보인다

>

남도의 대밭은 겨울 속에서 끝없이 부딪혀야 남도의 봄
이 온다

달빛도 누군가에게는 달빛의 길을 물어야 외로운 길을
갈 수 있다

인생도 인생의 골목길을 꾸불꾸불 따라가 봐야 인생의 집
에 다다를 수 있다

두방리에는 꽃꼬리새*가 산다 두방리의 꾀꼬리 울음소리
가 모두 단풍 들어야 두방리의 가을이 온다 두방리의 낙엽
밟는 소리가 들린다 두방리에 첫눈이 내린다

두방리의 커피도 두방리의 고독으로 끓고 끓어야 두방리
의 시가 된다

* 꽃꼬리새: 우리말로 된 옛 문헌에 꾀꼬리는 곳고리, 곳골, 굇고리, 굑
고리 등으로 나온다. 「동동」에서도 곳고리새라고 표기했다. 이때 '곳'
은 '곳→곶→꽃→꽃'으로 되고, '고리'는 '꼬리'의 옛말로 보아, 꽃꼬
리새, 즉 꽃처럼 어여쁜 꼬리를 지닌 새라는 뜻으로 풀기도 한다. 아
주 선명한 노란빛의 깃털과 아름다운 자태를 떠오르게 하는 이름이
다.(새문화사전)

제2부 벌거숭이별

풀잎 사이

풀잎은 풀잎 사이로 풀잎을 베어 낸다

바람이 불 때마다 선듯선듯 슬픈 눈 퍼렇게 일어서는 기억 제 살을 깊이 벤다

햇빛 속으로 보면 모든 것은 투명한 핏빛 속세의 부딪힘들이 영롱하게 흘러 생명에 이르지 않는 아픔은 없다

겉도 속도 오직 붉음으로 잘려 나가 덤벙덤벙 꽃 피는 풀숲 지렁이 살빛들

죽음은 죽음의 능선을 넘어 또 한 잎 생명인 것을

스스로 들에게 영혼의 칼이 되어 피 냄새 지리며 생의 테를 베어 내는 여리고 작은 소리 마디 아침 푸른 풀잎 사이

벌거숭이별*

너는 벌거숭이별 뼈도 추리지 못하고

풀숲에 부서진 허무 자지러지는 아픔

한순간 반짝임 고요 치열한 이별

풀벌레 울음 옆에는 깊은 죽음으로부터

곱게 탈속한 푸르고 가는 마디들

7월 행 모감주나무 꽃 황금 마차에 그 영혼을 싣고

한 번은 아팠다 한 번은 슬펐다

흰 날개 접어 내린 지상의 모든 꽃들아

쓰리고 시린 소금 기둥으로 눈멀어 서 있을 수밖에

흩어지자 저마다 숨소리 한 모금씩

>

깊숙이 마시고 뜨겁게 후 불어라

접시꽃 긴 하루 깐닥깐닥 하늘 다리로 서서

* 벌거숭이별: 우리 집에서 키우는 삽살개와 진돗개 사이에서 태어난
  흰발이라는 강아지가 생후 40일쯤 되어 장염으로 죽을 고비를 힘들
  게 넘기고, 두어 달 크다가 느닷없이 킹 소리 한 번으로 저세상으로
  갔다.

꽃 * 섬

어느 파도 위에서 떠내려오고 있는가

흔들리지 않고는 홀로 서 있지 못하는가

흰 물새 까악깍 울지 않고는 섬이 될 수 없는가

검은 눈썹 지긋이 눌러앉는 외로움

토끼풀도 풍년대도 눈만 뜨고 본다

질경이 속잎 확 피어나는 초록강 포구

꾀꼬리 울음도 봄 물결의 입항

출렁일 뿐 검푸른 숨소리 속에서

섬 하나 둥둥 떠올라 꽃 한 송이 피었다

떠돌지 않으면 섬이 될 수 없다

>

외롭지 않으면 내가 될 수 없다

내 안에 내가 없으면 꽃이 될 수 없다

막내딸 집에 온 날

꽃들이 줄줄이 서서 헛기침 소리 받아 낸다

흰 듯 붉은 듯 분홍 눈짓으로 갸웃이 누구든가요 큰 눈을 뜬다

흰 운동화 가는 발목 살폿살폿 다박다박

접시 바닥에 꽃 그려 넣듯이 막내딸 코웃음 치켜올려 다가섰구나

또 다른 향기는 섞이지 않았소

능수 고운 옷고름 봄바람 흩날려 한 송이 외로움이면 거기 너인 것을

머리 쳐들고 산을 꿈꾸지 않으리 발목 깊이 뿌리 뻗어 꽃바다 이르지 않으리

나는 너 너는 나 한 숨 불타는 아침 고독

접시꽃

가는 발몽생이 홀로 선 내 안의 뜰

침묵의 그림자 너를 따라가 이 생도 저 생도 환히 비치는 홑너울 엷은 숨결로 섰구나

하늘과 땅 사이 피어오르는 속삭임 헛기침 한 번 세상 다 던지고 오로지 한 송이 춤사위로 붉게 타올라라

치켜든 팔목 외로운 능선 멀리 굽이치는 예언, 맑은 눈빛

견고한 직립으로 지켜 선 푸른 독백 푸른 여울

흰 눈썹 높이 산은 산 어깨를 접고 접었지만 흔들리는 사랑

까짓것 남은 연緣을 한 바퀴 휘돌아 휘영청 바람 앞에 서라

봄이 간다고

봄이 간다고 너도 간 것이드냐

진달래 분홍 꽃 태가 곱기로

휘─날려 본들 그 끝자락이 너를 잡아 온다드냐

그리움은 빈 가슴 설거지통 속에서

몇 바퀴 이승도 저승도 돌아서

흔연히 웃는 낮꽃으로 동백꽃 핀다드냐

아서라 저렇듯 피고 지는 꽃 모가지들이

내가 놓지 못하는 생목숨 하나 붙잡고

컹 컹 컹 짖어대며 쓰러지는 한낮 푸른 몽상

홍매꽃

햇빛은 눈이 높다

쭉 째진 눈매로 하늘을 뚫어 본다 텅 비어 공허한 통기타 울림을 보듬고 긋어댄 후

가을엔 모든 새가 무명으로 울고 꽃잎마다 뼈 한 개비씩 깎고 깎아서 흔적도 없이 바람이 되었다

도당산 별빛 속에서 쏟아지는 봄 눈물 휘, 휘 혼백들 붉은 나부낌으로 매실밭 묵은 껍데기 속 관짝을 열었다

나숭개 푸른 것들이 나 잡아 봐라 넘어지는 밭고랑 사이 너희 분홍 치맛자락

흰 발목 하나씩 맑은, 영혼 바깥을 밟는다

꽃과 새와 검은 숫자

1막
꽃들은 등불을 켰다
뜰에 흩어진다
어느 영혼을 찾아 고운 얼굴을 번득인다
지상엔 아무것도 없다 쓰러져 누운 허무

2막
공허한 초록 뻘 시작은 미약하나 눈물 속에서 눈물이 솟
아나 쓸쓸한 그리움의 샘통*이 들판 가득 출렁인다

빛이 빛에게 다가가 눈을 뜬다 꿈적꿈적 모든 몸짓들은
서로 가슴을 부딪혀 눈 깊이 눈을 뜬다 맑고 맑은 한 점을
향하여

3막
뜰엔 새들이 날아와 깍깍 울부짖는다
영롱한 깃털 속엔 빛살 무늬 빗금
가로로 세로로 가냘픈 숫자를 쳐 넣는다

검은 숫자들이 나뭇가지 사이 앉았다
무수한 부리들이 영의 수를 셈한다
단서를 찾지 못하고 부싯돌을 쳐댄다

4막
꽃들은 불씨가 되어 갑자기 팽창한다
등불 속에는 등불이 없다
빛나고 있을 뿐 깜박깜박 생과 사의 반짝임
선도 악도 참도 거짓도 함께 불탄다
꽃의 우주는 무한한 혼돈 속
영에서 영으로 숨어 떠내려가고 있을 뿐

* 샘통: 철원 민통선 안 들판 가운데 샘물이 솟아나는 곳.

두방리 모감주나무 꽃

어느 하늘 손이 다가와 그물을 치는가

내 영이 맑게 엮여 초록강 깊숙이 던지면 투명한 슬픔 몇 송이 잡혀 나와 파닥인다

지난날들 소식인 듯 푸른 뼛조각 몇 마디 씻고 씻어 건져 올린들 빈 항아리 빈 허공

새들이 쫓아와 쪼아대는 생의 허무

아름다운 것일수록 아픔에 이르는 병 바람 앞에 내어놓는 촘촘한 속삭임 바치자 바치고 말자 나의 하루

그대 손길 가는 마디 내 영혼의 띠를 잇어 황금 그물을 던져라 보이지 않는 눈높이

천상의 빛, 썩지 않는 향기를 거두어라

그대의 망초 꽃밭

그대 빈 몸 홀로 흔-들-거-리-더-니

흰 꽃을 피웠네 바람도 지나쳐 가고 햇빛은 슬플수록 고운 자리 갈아 눕히고

그대 소리 없는 헛웃음 한 다발 펄럭이었네

고운 심성이 어데까지 뻗쳤는지 먼발치 하늘도 물끄러미 기대어 섰네

우리 집 강아지를 흙으로 돌려보내고 숨 한 번 쉬지 못하고 가까스로 돌아선 길

한없이 흔들리는 망초 꽃밭 흰 영들의 깨끗함

꽃들의 귀향

꽃들은 돌아가기 위해 남은 생을 흔들린다

흔적도 없이 슬픈 몸짓 하나까지도 사랑은 사랑의 기억
을 지우기 위하여

묻노니 세상에 나와 무슨 빛깔을 더했느뇨 향기를 통틀
어 고운 듯 살았느뇨

이 생이 부활의 뜰에 다시 선다면

누구의 눈빛을 향하여 부르짖으랴 다소곳이 제 몸에 제
이름 부벼 넣고 4월도 지나 5월의 침묵 봄 그늘 깊숙이

뻘떡기

고향 서자리에서는 뻘떡기라고 하는 덩치 큰 바다 꽃게
한 망태 실려 와 붉음을 뒤집어쓰고 뻘떡뻘떡 몸부림쳤지

큰 집게 입을 들고 허공을 휘두르다가 힘이 빠지는 생의
좌절 속에서 딱딱한 껍데기들이 부딪히며 뒤집어졌네

대바구니 속에 수북이 쌓여 눕는 처연한 움직임들이 뿌연
거품 속에 마지막 붉은 저항으로 소멸되고 있을 때

우리는 마지막이라는 의미를 생각했던가

뻘떡거리는 죽음 그 옆에서 애곡에 싸여 곰소 앞 뻘바다
곱던 노을 출렁임을 보았던가

저녁 불빛

집으로 가는 길

어둑한 논물 위에 저녁 불빛들이 둥둥 떠서 출렁인다

고향들 수채화 한 폭 묵직하게 번진다

저 검은 싸가지들이 어데서부터 흘러와 내 유년의 신작로
를 넘실 채워 울음 우는가

먼 밤길 떨-컹 - 떨 - 컹 집 찾아오는 아버지의 짐 자전차

학교 갔다 올 때 그 예쁘던 달맞이꽃들이 심지 돋우어 환
하게 밤불 밝혔던 것일까

간절한 생의 불빛 하나 쓸쓸히 흔들리는 밤

청국장 냄새 같은 색소폰 소리

비는 오고 그렇다

커피 냄새에 묻혀 여름 고양이는 문지방 위에 눕고 오래된 유행가에 씻기어 비는 꽃밭에 내린다

툽툽하게 깔리는 재즈 카페 창밖은 바닷바람 무인도 너는 파도치는 검은 그림자 아직도 떠도는 섬 하나 꽃밭에 서서

나 기억의 안개 속 그대는 어디 있는가 풀숲에 젖는 외로움 그리움 한 발 더 내려 비는 오고 쪽을 푸는 옥잠화

피고 지는 수국 옥빛 옆에 흰 망초꽃 긴 허리 쓰러져서도 하늘은 올려 본다 푸른 꿈 쓰다듬어도 젖은 머리 헝클어지고

가는 비 들이치는 처마 끝 혼자 서서

청국장 냄새 같은 색소폰 소리 안개 속 무인도 섬 하나 꽃 핀 듯 외로운

맑은 눈

하룻강아지

한 마리가 죽고

또 죽고

흰발이 녀석이 고개를 든다

살고 싶어요

맑은 눈, 검은 감옥에 갇힌

나의 하루

슬픔 하나

그래서 그 산 아래 단풍이 고왔구나

가늘고 길다랗게 뻗친 나뭇가지 허공

피 묻은 낙엽 다 지고 흰 서리 내린

니 뼈 보듬고 깨끗하라고 닦고 닦아 내리느라

젓대 바람 소리 마디마디 꺾이어

저수지 달빛 푸름보다 슬픈 슬픔 하나

제3부 하나면 된다

하나면 된다

바람 하나면 된다
외로움 하나면 된다
빗방울 하나면 된다
깨끗함 하나면 된다

맑은 눈 깜박거림 속눈썹 하나면 된다

기다림도 아니다
그리움도 아니다

침묵하면 된다
묵상하면 된다

사랑아

너 거기 있으면 된다
나 여기 있으면 된다

혼자 서서 풀잎 사이 흔들릴 뿐이다
하늘에 대고 시 한 줄 쭉 그어 쓰면 그만이다
내 마음 담아 둘 꽃 한 송이 높이 피우면 그뿐이다

천상의 빗방울

하늘에서 내려와 하늘에 산다

맑음 하나 얻기 위해 맑음 하나 툭 떨어진다

나 됨을 버릴 수밖에 없는 슬픈 하루살이

저를 놓지 못하고 저에게 매달린 채 어둠 속 허공을 떠도는 영혼들아 십자가 어느 가지 끝에 와서 새벽을 기다리는가

생은 잠깐 맺힌 빗방울들의 독백

깊은 눈 껌벅이는 사색의 창가 오동잎 큰 귀 씻어 듣는 천상의 푸른 소리

여름비 내리는 하늘 홑처마 끝에서 또 다른 나로 태어나는 소망의 외침

향기도 빛도 없이 세상 향해 던지는 투명한 헌신

마스크 속의 혀

녀석은 자꾸만 꿈틀거린다

떼를 쓴다 혓바늘을 꺼내어 제 살을 꾹꾹 찌른다 잠결엔 이빨에 덜컥 물리기도 하다가

붉은 핏발 비린내 감옥을 튀어 나간다

화창한 들판 속으로 황금 나락밭머리 햇살만 등에 진 가을 메뚜기 떼 몰고 온다

누이 얼굴에 부딪혀 따갑게 맺힌 시간들 유행가 가락을 꺾어 꺾어 불러도 이제는 돌아오지 않는 속잎 푸른 날개

초록 그늘 침묵 속에 나는 갇혀 섰다

모든 멈춤의 시간 검은 고요 한가운데 개미취 푸른 꽃잎들도 노을 속으로 잡혀가고

빈 커피 잔을 본다

햇빛 바람 옆에 빈 커피 잔을 본다

휑허니 저도 나를 물끄러미 본다

니 생은 무엇을 마시고 무엇을 비웠는지

빈 마음 아픔에 담긴 이 지상의 슬픈 여운

밭 갈고 두엄 내고 해 질 녘이 되어서도 눈 감지 못하고
붉은 아버지의 노을 같은

허기진 소리 부딪혀 살아온 날들은 가고 뜨거웠던 가슴
이제는 텡 빈 막사발 하나 탱그렁 금 간 자국만 남아 세월
깊이 흐르는

하루하루 사는 것이 나를 비워 가는 여백이라면

사랑도 그리움도 맑은 볕에 빨아 널고 흰 꽃 뚝 떨어지는
봄 그늘 홀로 선 푸른 꽃대 같은

풍경 하나

바람 앞에 서면 너도 바람꽃이 된다

빛깔도 향기도 털어 버리고 깨끗한 영혼의 눈으로 모든 이의 가슴에 서는

설레지 않고 계절이 산 아래 이르랴 모든 흔들림은 내 안에 들어와 저마다 이야기를 풀어 내는 풍경이 된다

흰 물새 외다리 높이 서서 간당간당 잡생각을 버리고 나는 나가 될 때 너 옆에 그저 혼자일 뿐 많이 외로운

내 안에 풍경 하나 풍경 밖에 풍경 하나

무심히 지나쳐 온 쓸쓸한 기억들이 그 이름 불러 주지 않았어도 들꽃들은 곱지 않은가

영원도 아닌 하룻밤 별빛 속에 반짝이는 아름다운 덫 이 세상이 주는 소명

어디서 와서 어디로 가든 여기 한 점 서 있을 뿐

꽃들은 기억이 있다

시내산 고왔던 꽃별 씹어 삼킨 입술 야문 혀 속에 꽃잎을 따 넣고 샘솟는 핏빛 향기를 채워 너를 안았다

백향목 아름드리 천상의 숲 맑은 그늘 하늘 가지를 쳐 내어 속빛 깎아지른 서까래

사랑은 세상 무게를 버리고 홀로 섰다

꽃들은 기억이 있다 오랜 추억 속에 나를 둘러선 천년의 돌탑도 이별의 바람 앞에서는 갈비뼈를 드러낸다

춥고 쇠락한 간이역에 쓸쓸히 서 있는 그들

이미 기다림은 없다 눈물도 그리움을 씻어 한 송이 피어나는 꽃향기의 높이에 닿는다

빈 뜰, 조선상사화

외롭고 쓸쓸하고 뜨거운 불꽃 속에서

붉게 솟아오른 한 줄기 눈부신 맹세

이제는 푸른 하늘 아래 슬픔도 아니다

그리움은 흠칫 눈물 보석 한 방울로 니 물낯 곱게 아로새긴 꽃잎 땅에도 하늘에도 한 점 묻히지 않는 향기

돈대 높은 선비 고독한 눈빛을 허물고 여름 홑두루마기 맑은 갓 위에 섰다 세월도 기침 소리 따라 나와 소나무 달빛 위에 섰다

빈 그늘 귀퉁이 허옇게 곰팡이 났을 우리들의 사랑 함께 있었잖아

세상도 비켜 주지 않는 생의 저컨 희고 붉은빛

그리움 한 컷 여치 걸음 파릇파릇

밤 풍경 나의 뜰 슬픈 듯 외등을 켠다

아사달 무궁화 흰 꽃잎 사이 깜박깜박 격포 앞바다 여름 등대 불빛 살아난다

곱던 추억 쓸쓸하여 돌아오든 방파제 길 소라 멍게 소주 냄새 뿌연 포장마차 유행가 기타 소리 속으로 묻혀 버린 서른 넘어 고갯길

이제는 다시 나를 밝히는 꽃 같은 울음 한 곡조 밤 깊은 추억을 터트리며 장수풍뎅이 넓은 밤창에 따갑게 날아든 후

라일락 잎 위에 뚝뚝 떨어지는 빗방울 이쯤에서 너의 맑은 눈 푸른 눈썹 묽은 지렁이 새끼 울음은 조선상사화 한 송이 문득 피어나 제 하늘 펼치고

그리움 한 컷 여치 걸음 파릇파릇 사랑은 사랑 속에 운다

사랑은 혼자 울지 않는다

할머니 굽은 등 참깨밭 한 두럭

참깨꽃 흰 귀 오므려 세우고 이따금 세상 소리 비켜 니 맑음을 듣는다

초록 잎 모두 허물고 꽃대 하나 세우는 빈 몸 꼿꼿이 견디어야 하는 외로움 쓸쓸함 그리움 한 겹도 마저 사위는 백양꽃* 붉은 눈인데

두방 숲 상수리나무 여름 꼭대기에는 세월 깊이에서 굽이굽이 살아 나와 단 하나 사랑을 바치고 소멸하는 참매미 울음

짧은 인생들아 짧은 사랑들아 한 번은 절정의 때, 더욱 슬픈 우리

꽃들은 혼자 피지 않는다 사랑은 혼자 울지 않는다

---

* 백양꽃: 조선상사화, 고려상사화라고도 하는 우리 산야에 자생하는 토종 상사화. 여름에 잎들이 다 지고 추석 무렵 하나의 꽃대에서 여러 송이 꽃이 핀다. 주황색, 노란색, 분홍색, 흰색 등의 종류가 있다.

배경이 아름다운 그대

너는 구시포 앞바다 뻘 속에 섰구나

바닷속에서 걸어 나와 바닷날개를 접는다 산 채로 빛의
꿈들이 쓰러져 눕는 서해 노을 속

수그린 등 뒤엔 바삐 걸어온 날들 발소리 꺾어 어둠 속에
찰박거리며 수명을 다하지 못한 파도가 푸른 뼈를 묻는다

생과 사의 띠에 묶여 푸르락 붉으락 소멸의 시간들이 채
돌아가지 못하고 어느 섬 배경이 되어서 출렁이는 이승의 끝

마지막 동전 한 닢 같은 나의 하루를 던진다

쨍그렁 울려오는 바다 소리 하늘 소리

사랑은 잘 몰랐어도 이별만큼은 후회 없어야지

구시포 소나무 숲 노을 앞에 서서 지금 우리 곁에 있는 모
든 눈빛들이 내 생에 가장 아름다운 배경이 되어 주었으면

명상

서 있음에 대한 명상으로 섰다

함께 머문 날빛 희미한 움직임들까지 감나무 할배 백 년 여울이 둘레를 쳤다

검은 줄기 딱딱함을 뚫고 나온 연두 어린 잎사귀들의 작은 그릇에 담긴 쉼 없는 지저귐들이 나를 자꾸 흔든다

풀꽃들의 널린 초록 바람을 딛고 올라 가지 끝에 가서 싹 튼 눈빛의 깊이가 하늘에 박혀 별빛들의 핏자국이 튀긴다

뿌리 깊음도 아니다

뿌리 내림도 아니다

몰지각한 밤의 정원 고요 속에 갇힌 어둠 속 한 점 명상이 나를 홀로 세워 놓고

빈 독

장을 담그면 장독
술을 담그면 술독
늙은이는 무슨 뜻으로 독을 지었을까[*]

인후동 살 때 버려 둔 깨진 독이 생각났다

옥상 위에 홀로 덩그러니 앉아 아무것도 들여놓을 수 없
는 빈 몸 모처럼 고인 빗물도 깨진 틈새로 새어 나갔지

두방리 가을 빈 뜰에 채워지는 것은 햇빛뿐 바람뿐 멍 때
린 생각뿐 그렇게 빈 독에는 맑은 하늘만 가득하였나 보다

그렇게 맑은 하늘 속 별들이 속삭이고 나서
그렇게 살구꽃들이 디어지게 피었나 보다
그렇게 그 꽃그늘 아래 우리 딸들이 예쁘게 컸나 보다

이 시를 짓고 나서 다시 읽어 보니 남들에게는 별 뜻도
없는 말들이

>
나의 빈 가슴에 와서는 복받치는 울음이 되는지

* 황순원의 『독 짓는 늙은이』를 생각함.

하늘 딱따구리

굳은 껍질을 쪼은다

묵직한 소리들이 세상 밖으로 굴러떨어진다 울림이 울림
에 부딪혀 숲을 흔들고 있다

오색딱따구리 작은 부리 한 입 마음의 끝을 모아 콕 콕 찍
어댈수록 더 깊이 단단해지는 상수리나무 고목 등걸

사랑 한번 해 본 사람들이라면 속은 썩어 내어 주고 빈 깡
치만 남아 저 홀로 버티어 서서 바람 불 수밖에

쓸쓸한 영혼의 뜰

뼈를 깎는 고독으로 다듬어진 백 년 악기 빈 가슴 검은
슬픔 옛날 헌 거문고 줄을 잇어 한참 떨고 있는 하늘 소리

바람으로 듣는다

바람의 말씀은 바람으로 듣는다

두방리 꽃대밭에 늘 푸른 귀엣말로 삼천동 막걸리 골목 술맛을 풍긴다

붉은 손등으로 권커니 양은 주전자 속 황금빛 세월이 틉틉하게 괴어오르는 막걸리 한 사발의 취기가 노을빛에 빠지리

홍어찜 매옴헌 조개탕 떠들썩한 주정들이 젓가락 타령조로 달아오르는 인생 후반 난타의 칼잽이들은 세상 잡것들을 쫓아 놓것제

한 양재기 탁한 술 탁주를 마시며 윤동주 별빛같이 맑아지는 친구들아

꽃다운 시절 그 꽃 꺾어 또 한잔 허것제

산 친구

친구는 산에서 내려와 낙엽 위에 섰다

잎들이 다 지고 투명한 나뭇가지 사이로 목소리 고운 새 한 마리 데리고 와 나를 부른다

산바람 이야기도 세상 꽃향기도 얼멍체 햇살을 쳐서 무거움은 다 내려놓고 웃음 반 눈짓 반 수채화 풍경 속에 기댄다

어젯밤 막걸리 타령조로 마주 보는 환한 낯꽃이 잔주름 속에 피어오른다 세월은 우리들의 행막을 이쯤에 세웠거니

시라도 한 수씩 지어 단풍잎에 띄워 볼까

우북한 턱수염이 하얗게 멋스런 산인의 발걸음 뒤로 햇빛은 맑게 손을 흔든다

눈길

눈밭을 밟지 않으리 눈길을 걷지 않으리

붉은 꿩 발자국 하나 남기지 않으리

어느 먼 망설임들이 부서지는 눈발이온데

한 뼘도 다가설 수 없는 막연한 거리 낙엽들의 서걱임도 모두 묻혀 버리고 떠도는 자들의 갈비뼈 사이 바람 소리도 채워 눕는

노란 들국 작은 혀 매운 향기들아 답신도 없이 하늘 높은 새 울음뿐이었다 사랑도 그리움도 아픈 마디 하나씩 꺾어

내리는 눈발 사이 곱게 쌓이는 기억 영혼의 모서리 흰 뼈들을 닦아 끝없는 부딪힘으로 제자리를 찾는 설원의 뜰

눈에는 눈이 없다 흩날림만으로 길을 찾는다

외씨 버선 꽃신도 눈길은 밟지 않는다 흰 눈발 흰 수염 나부끼며 너에게 가리

제4부 천년도 하루해

남폿불이 켜지면

낮의 시간들은

불빛 속으로 스며들어 살아남았다

황금빛 영혼들이 생령의 조각들을 깨워 숨소리로 반짝인다

잠시라도 목숨을 가진 자들의 생환 마른풀 향기까지 태워 눕는 모깃불 이제는 어둠 속에서 가장 깊은 눈을 뜬다

사진괄 속 제 식구들의 흰 달그락거림 살강 위 그릇들 빠진 이빨 사이로

그 숨은 이야기들을 흔들어 남폿불이 켜지면

비로소 밤이었다 개똥벌레 꽃이파리도 헤매며 퍼득거리는 신화 속 밤물결

검푸른 혼돈이야말로 빛의 생명을 밝힌다

빈 그릇

투명한 유리그릇 햇빛 속에 버리어진다

저만 휑허니 떠나가는 것 같지만 그 속에 세월이 있었네 기다림이 있었네

송순 따서 봄 초록 한 숨 푹 재워 놓던, 질경이 새순 따서 질긴 마음 우려내던, 청매실 속 씨 빼내고 신맛 장아찌 담그던

아내의 흰 손마디 곰삭아 내린 그 맑음 옆에는 눈망울 같은 시간들

다시는 돌아올 수 없는

오늘

하루

가네

하늘은 당신의 등 뒤에서 항상 푸르기 때문에

물은 물과 함께 흐르면서 맑아진다

산은 침묵이 깊을수록 더 높이 솟는다

바람도 바람 소리 속에서 날개를 찾는다

대(竹)는 속 깊이 부딪혀야 세월을 분질러 대춤을 춘다

소나무는 혼자 서 있어도 외롭지 않다

구름도 제 갈 길이 있기에 발자국을 남긴다

해바라기 꽃

당신의 하루는 불타고 있을까

어느 땅 위에 긴 허리 꼿꼿이 펴고 부르르 꽃갈기를 곧추 세우고 있을까

누구든 뼈아프게 견디어 선 하루

세상 흔들림은 세상에 뿌리내릴수록 더 깊은 외로움으로 쓸쓸히 불탄다

6월 꽃밭 한가운데 홀로 된 영혼들아

이슬 털어 흰 손 맑음을 마신들 아침 눈 무욕의 향기로 거듭날 수 있을까

차라리 태양을 향해 뜨겁게 부르짖어라

굳고 굳은 맹세 황금빛 톱니바퀴 사랑의 우주를 돌고 도는 하늘 시간

시의 땔감

시의 땔감들을 모두 태우고 남은

쓸쓸함들이

떨어지는 꽃잎 소리 한 숨 받아 적었으면

깊은 눈

그렁그렁 글썽

나를 한참

쳐다보았으면

썩지 않은 그리움

사과 썩는 냄새는 냄새가 아니다

썩지 않기 위하여 뒤척이는 향기

늘 성한 얼굴로 해맑게 웃는 너였지

붉은 가슴 깊은 향기 살갗을 부비어 뜨거웠던 계절 연인에게 다가가 잊히지 않기 위하여 아침 빛깔로 익었는가

가을은 노을빛을 너에게 따다 주었거니 이빨 시리게 씹어 삼키던 기억이 사랑의 뒷말이 되어 곱게 부서졌지

낮도 밤도 포장된 종이 박스에 갇힌 채 생의 뒷면을 돌아 너에게 가는 것은

썩지만 썩지 않은 그리움 검은 향기 피어오르는

겨울 흰 장미

예수병원 가는 길 흰 장미꽃 피었네

가로수 붉음과 노랑 잎들 사이에서 만추의 풍경도 지나
꽃 이야기라니

다들 낙엽 질 때 꽃 피워 보는 너

붉게 타오르는 길거리 그늘에서 홀연히 흰빛 깨끗이 씻
어 생각을 묶어 내놓고

저 맑은 흔들림이 하늘에 닿았구나

안으로는 겹겹이 숱한 외침을 접어 둥글게 보듬은 환한
마음 모든 이의 꽃이 되는

천년도 하루해

생과 사의 언덕 한라의 지붕 처마 끝

바람 앞에 서서 천년도 하루해 하루도 천년의 해 앞에 맞
선, 고사목들아

재채기 한바탕 칵 뱉어 쏟아 놓고 분홍 흔들림도 다 삭
히고 나면

뼈마디 하나하나 일어나 눈 속에 씻는 것을

뼈들의 골짜구니 썩는 자들의 향기 수수년년 꽃들이 피고
지는 이야기 산록의 먼 발굽 소리도 하늘에 닿았노라

눈도 없는 것이

귀도 없는 것이

별빛 속에 귀 밝아 눈 뜨면 안 될까요

천년도 하루해 그대 앞에 홀로 서 있으면 안 될까요

아내의 뱀

고추밭 이랑 아래 뱀 하나 또아리 틀었단다

어떻게 생겼간디…… 크다 실뱀이 아니고 놋양푼 정도 되는가 하루 이틀 지났는데도

양은 대야만 하다고 말하는 것 같다 햇빛 속에 도사려 도망도 안 가고 이제는 나의 눈에도 선하게 찍힌다

빛으로 박음질한 꽃무늬 살 깊이 입은 채로 저편 시간의 끝을 잡아당겨 되감고 있을 뿐

너처럼, 말 안 하는 해맑게 눈만 껌벅이는

가만히 있는 숨은 쉬고 있을까 젊은 날 첫 만남 빛 속에 빛이 가득하여 내 삶에 그늘까지 투명한 등불이 되어 준 아내여

장수풍뎅이의 추억

녀석은 당당하였다

불끈 쳐든 이마 높다란 가지 뿔 전주성을 지켜 선 견훤의
쌍무사 철갑으로 양손 창을 들었다[*]

민머리 투구에서부터 갑옷의 주름에 깊이 누벼 베인 청
사의 푸른 녹 장수의 깊고 고독한 눈빛이 밤 창에 부딪힌다

8월의 여름밤 흙집 토방 아래 사유의 향기로 긴 목을 내
건 흰 달 먼 백제 등불 하나 깜박임을 찾아들었구나

손안에 정중히 받들어 뫼신 한 겹 숨 작은 움직임으로 천
년 신비를 내뱉는다 등 비늘 깊숙이 맑은 분노가 아름답다

불현듯 날아든 한 잎의 추억이었네

소나기 그치고 노을빛 붉은 눈들이 밤 벌레 잦은 울음 속
으로 스며든 후였네

* 김주성, 「견훤의 전주 천도와 왕궁 위치」.

외로움이 그릇이다

세월 끝 흩날림은 소멸이 아니다

떠도는 자의 공허한 가슴도 하늘이 멀리 보이면서 빈 그릇이 된다

외로움은 홀로 작은 그릇을 빚는다 이미 낮은 비탈 쓸려간 마음들이 세상의 쓸쓸한 눈빛들을 담아 낸다

바람은 바람의 허무 집을 나와 햇빛은 햇빛의 그리움 집을 나와 지상의 가을 뜨락 그대 빈 허리 추울지라도

가로수 아래 서서 한 자루 촛불을 켜세요

뜨거운 도가니 붉은 깃발이 아니라 저 낡고 허름한 흰 눈발들의 발걸음을 비춰 보세요

빗방울 속에도

가을비 차가운 빗방울 속에도

털어 버리지 못한 말들이 있는지 가랑잎 끝 소절마다 흰 혀들이 매달렸네

물끄러미 쳐다보며 물들어 가는 감잎들도 제 안에는 아 직 떫은 맛이 고여 있는지 태양의 기침 소리로 뿔긋뿔긋 뱉 어 내고 있네

지나가는 생각의 빈 잔 떠오르는 얼굴들

생활의 수렁 속에 침잠한 목소리들이 날개 단 화살촉나무 잎새로 반 붉어 날아든다

줄무늬 다람쥐들이 뛰어드는 노을 속 뿌리 기픈 높 고 큰 상수리나무 아래

사랑도 이별도 너도 나도 핏빛 경계에 서서

교회 앞마당 단풍나무 하나

교회 앞마당 크고 높은 단풍나무 하나

베어 버리자는 입들이 둥둥 떠돈다

뿌리가 솟구쳐 올라 불퉁거리기 때문이란다

그 뿌리가 길어 올려 곱게 빚어 놓은 하늘 빛깔들은 쳐다
보지 않았음인지

성경책 속에 붉은 잎새 하나 접어 둔 추억도 없었음인지

저 나무는 뿌리로만 서 있는 것은 아니다

교회당을 지을 때 황량한 광야에서 간절히 부르짖는 성도
들의 가난한 기도 소리를 들으면서

땀방울에 이개어 제 영혼의 크기로 꾹꾹 찍어 쌓아 올리
는 벽돌빛 눈물을 지켜보면서

하늘의 언약을 세우리라는 믿음 하나로 버티었음이다

실밥

누군가의 따뜻함을 입혀 주기 위하여

실은 밥이 될 수밖에 바늘의 혀끝에 먹히고 먹힘으로 비로소 옷이 되어 가는

이 가을도 늦지 않게 어느 고운 손마디는 문풍지 바람을 꿰매어 홀치고 있겠지 금실로 한 땀 한 땀 실밥을 멕이고 있겠지

붉은 실밥이 촘촘히 햇볕 속에 감을 익히고 푸른 실낱들이 하늘 끝에 깃을 쳐 푸드덕 어깻죽지를 휘갑치는 침자針子의 손

겨울을 위하여 마름질하는 가을 바느질 나락밭 황금 비늘을 호고 박고 공그려 모악산 아래 뜨겁게 또아리 튼 구이 뜰

세상에 아름다운 것은

빈자의 붉은 그늘 헐벗음을 위하여 바늘방석을 박차고 나가 겹겹이 하늘 홑청을 시치고 누비어 덮어 주는 것

제5부 무심천국

무심천국

날이 따뜻허니

순천만 어부는 널배를 타고 나가 짱뚱어를 잡는다 왼발은
배 우에 두고 오른발은 뻘을 밀어

얕은 속바다 얼멍한 물빛 사이로 저 건강한 미물들이 숨
을 쉰다는 것이 제 땅을 차고 튀어 올라 잠시라도 맑아지는

그 순한 섭리의 투명한 햇빛 속에서 쓰러졌다 다시 일어
나 헹구는 억새밭 푸른 짓들의 바람 밖 빈 들

뻘밭에 던져진 빈 낚시 끝의 시간 갈고리 맺힌 속빛까
지 씻어

어부의 눈가상 잔주름에 이르른 무심천국

연鳶

하늘 위에 연을 날린다
바람 속에 너를 띄운다
허공중에 무게도 없이
날개도 없이 나도 없이
푸르름 속에 스며든 점
푸르름이 되어 버린 연

바람 속 멀리 연실을
다시 당겨 보는 것은
생의 줄에 매어 있는
하늘을 잡아당겼다가
하늘을 놓아주는 것
하늘에 보내 주는 것

내 가슴에 부는 바람이
거셀수록 높이 뜨는 별
반짝이는 생과 사의 빛
흰 소맷귀 흔적도 없이
한 폭의 춤 까마득하게
소멸된 비움의 제자리

고요 감옥

아기가 잠든다 조금 눈을 뜨다

다시 감는다 푸른 눈썹을 접는다

가끔씩 배냇짓으로 엷은 미소 투명하다

꽃이다 향기가 피부 속에 맴돈다

빛의 둘레는 숨을 멈춘다 서로에게

눈짓도 지그시 찡그려 입술을 먹는다

아기의 아침잠 속에 모든 소리는 스며들었다

커튼의 그림자도 세상을 막아섰다

고요한 감옥 침묵 수행의 오래 참음만 가득하다

추錘

제 안에서부터 흔들리는 것이 있다

오르락내리락 저울대 사이에서

한 생은 빛이었다가 한 생은 그늘이었다가

처음부터 정해진 세상 자리는 없다

늘 흔들리는 고뇌의 비탈에 서서

저만의 진실 하나로 제자리를 찾는다

수평에 이르러 중심을 잡기 위하여

자기를 내려놓는다 아무 사심 없이

잡음도 하나 들리지 않는 고요 바로 그 자리

눈이 닿는 시점 눈금 위에 섰다

\>

숨이 탁 멈춘 균형추 위에서

빛의 눈 투명함으로 밝힌 적멸의 한 점

아기의 잠

한 아름 아기의 설풋잠을 안았다

무릎을 세워 천천히 일어선 높이

스스로 빛 된 자의 허공이 무겁지 않다

솟아나는 이빨 뼛속의 침묵을 뚫고

소스라쳐 놀라는 한밤 성장통도

꽉 안아 재우자 가슴 깊이 파고드는 칭얼거림

어미는 커다란 날갯죽지를 펼친다

새어 드는 세상 문바람을 막는다

뒤꿈치 느린 걸음도 거두어 우뚝 선다

잿빛 두루미 큰 눈 우주의 중심에 섰다

\>

깃털 속으로 스며드는 천지 고요

외다리 학춤 위에서 아기의 잠이 세상을 재운다

가족의 문

할아버지 생신에 때맞춰 모였구나
지나가던 햇빛들도 따뜻이 들어온다
큰 손주 써니는 얼른 생일 촛불을 불어 끈다

둘째 그린이는 영문을 모르고
흰 얼굴로 맑은 눈 예쁠 뿐이다
둥그런 빛무리들이 일어선다 손을 잡고

동 동 동대문을 열어라
남 남 남대문을 열어라

팔을 높이 들고 문이 되어 주는
함미와 어미들은 태의 문을 열어 주었다

가장 큰 울음소리로
세상의 벽을 찢고 나와
또 하나의 세상을 만들어 가고 있는 웃음들
가족의 큰 문이 눈물샘 깊이 열리고 있었다

저만큼 서 있는

노을이었구나

저만큼 서 있는

말할 수 없는
내놓을 수 없는

다시는 고백해서는 안 되는 것 있었지

불태워 없애 주려고
따뜻하게 안아 주려고

비밀의 흔적이 하나쯤 있어도 괜찮다고 가을이 되어도 혼
자 쓸쓸하지 않게

바쁜 일상 속에서도 날마다 다가와 창문에 기대어 커피
한 잔의 위로를 주는

오늘은 누구의 노을이 되어 그대는 아름다운가

게르*

떠날 준비가 되어 있다 계절 끝에 서서

손으로 들지 못하면 가구가 아니다
서까래 갈비뼈들도 털어 옆구리에 껴안고
새로운 곳에 가서 새 집을 짓기 위하여
양 새끼들 음매 울음 소리도 데리고 간다
하루는, 모자란 것들이 펄럭이는 빈 자루
먼지바람 속에서 노을은 멀리 가고
낙타는 새끼를 낳았다 비틀거리며 일어난다
네 발로 일어서지 못하면 젖을 먹을 수 없다

병든 할아버지는 세 살 손자와 같이
가족 이야기 속에 양들의 숫자를 세며
천국의 계단을 오른다 가쁜 숨소리로

다시 게르 안에서 삼대의 눈빛이 고여
양을 잡는다 고요히 품에 안고
내가 너 죽이는 것 아니다 니가 나 살리는 것이다

* 게르: 몽골 초원 이목민들의 이동식 주택.

고향의 말씀

콩 눈 트기 시작하여 떡잎이 나올 때에는 밀고 나오는 흙덩이를 그대로 두어야 한다

니 손이 흙덩이를 치워 주면 시들어 죽는다*

오늘 아침 꽃밭 풀 속에 꽃대 하나가 분홍 포의를 벗지 못하고 답답하여 내 손이 가다가 손가락 사이 깜짝 놀랬다

지 힘으로 밀고 올라와 껍데기를 벗겨 내야지

분홍빛 너머 붉은 소용돌이가 그늘을 뚫고 나와 꽃 한 송이 올려 피워야지

세상에 아름다운 분노가 되고 지혜가 되고 혼자 쓸쓸히 맑은 눈매 풀어

제 영혼 가늘고 여린 절정에 이르러야지

---

* 오래전 시골 고향에 갔을 때, 지금은 돌아가시고 안 계시는 집안 삼촌께서 콩 농사에 대하여 알려 주신 말씀.

꽃은 누군가의 헌 옷

아침 꽃은 이미 누군가 벗어 놓은 하루

아름다운 것은 새것이 아니다

공들여 얘기하고 아파하고 못 견디게 외로워하고

그러면서 노을은 하루를 내려놓고서야

우리 속마음까지 깃들어 물드는

시인의 생각도 닳아지면서 여백이 보이고

주물러 빨아도 나의 냄새가 나는

편하게 입고 따뜻한 바람 같은

가끔은 눈물이 나는 오래 기억되는

꼭 필요한 것들만 남아 눈가에 고인 웃음

>

쓸쓸하고 조촐한 아름다움 옆에서

조금씩 낡아 가는 세월의 틈바구니 하루하루

김상휘*에게 묻다

우리들에게는 찢어야 할 분노도 없는가

그 카페 이방인에서 맥주잔을 부딪히며 북어를 북북 찢어 먹던 기백도 없는가

허기야 이제는 갈기갈기 찢겨 비닐 봉투에 담겨 나오드만

힘 한 번 못 쓰고 버팅길 뼈다귀 하나 남김없이

세상 방멩이질에 두들겨 퍼맞고 눈알도 뺏긴 채 한 성깔 어데 두고

속살만 먹음직스럽게 부드러워진 살덤뱅이들

숨 쉴 것도 없이 무조건 보기 좋게 투명 봉투에 담겨 곱게 팔리고 있드만

요즈음 근교 요양병원 흰 건물 속 숨소리처럼

* 김상휘: 한국문화예술 풍수 명인 1호, 풍수학 박사, 소설가.

사이

조금은 틈이 생겨야

햇빛이 들어오고 바람도 들어왔다 다시 나가고

맑은 눈 깜박이며 말도 하고 숨도 크게 한 번 쉰다

벌어진 문살 틈으로 세월도 들락거리고 손주들도 크고 글
읽는 소리도 들린다

휴식할 의자도 편히 놓여 한 번씩 흔들거린다

계절이 지나가는 큰 기침 소리에 꽃잎과 꽃잎 사이 향기
고운 니 얼굴도 보인다

시간이 비켜 갈 영원의 쪽문도 열려 있어야

개미꽃

머릿속을 뚫고 개미 떼가 기어 나온다

멀금멀금 개미 눈들이 기어 나온다

시큼한 개미 냄새들이 기어 나온다

밤은 검은 혼돈 속에서 꿈지럭거리고 눈이 내린다

함박눈이 펄펄 더듬이를 달고 흩날린다

흰 날개 세상 끝까지 날아가 하늘을 뒤덮는다

캄캄한 미로 내 안 새까만 발톱들이 세상에 저를 내보내 다시 태어날 때는

희디흰 눈개비 환한 웃음 한바탕 쏟아지네

저것들이 봄에는 봄눈 녹고 나면 날개들에게 날갯닢 부딪혀

모오든 꽃 모오든 향기 모오든 눈빛 모오든 사랑

앗, 뜨거

라면 한 컵 먹으려고
냄비 뚜껑을 여는디

꼭 이렇듯이 말하는 것이었다

뜨겁게 연애 한번 해 봤냐
뜨겁게 시 한번 써 봤냐

뜨겁게, 뜨겁게 세상 부딪히더니

그사이

식어 버린 냄비 뚜껑에게 묻다

연애도
시도
세상도

뜨거워야 하나요

첫 출근, 그런 날 있었지

그런 날이 있었다 봄 추위가 아직
가시지 않은 싸그락거리는 마을 길
담 너머 목련꽃이 하얗게 부서지는 날이었지

첫 출근길이었다 모가지 까슬까슬하게
흰 와이셔츠 카라 빳빳이 세워 입고
목련꽃 저도 겨울 상자 속 흰 셔츠 꺼내 입고
떨리는 첫 출근길 송이송이 따라왔네
너도 꽃 한 송이 피우기에 아팠지
웃음 뒤 침묵의 그늘 속에 절실함이 있었지

니 마음 깨끗이 빨고 또 빨아 입고
출사표를 던지는 세상, 눈부신 하루
흰 소매 손등까지 받쳐 입고 붉은 주먹 굳게 쥐고

이른 아침 한 생의 껍질을 벗겨 내며 나도 꽃 한 송이 하
늘 높이 피웠지

맑은 눈 가슴에 뜨고 첫 출근하던 그런 날

능선稜線

하늘과 땅 사이 까마득한 선 하나

생사의 고비를 넘어서는 상처

피 묻은 하루가 아름다운 일출 일몰 붉게 물듦

해 설

'두방리'에서 보내는 편지

차성환(시인, 문학박사)

　전라북도 완주군 구이면 두방리에는 시인이 산다. 수령
이 백 년 넘은 나무들이 숲을 이룬 마을에서 시인은 커피를
끓이고 고독을 벗 삼아 시를 쓴다. 맑고 깨끗한 자연의 품
속에서 나오는 시는 무슨 빛깔을 가지고 있을까. 장욱의 시
는 여름 나무 아래의 바람처럼 시원하고 풀잎에 맺힌 이슬
처럼 영롱하며 깊은 가을 하늘처럼 청아淸雅하다. 그는 자
연에서 인생의 길을 찾는다. 숲의 길을 걸으며 인생의 희로
애락喜怒哀樂을 노래한다. '두방리에는 꽃꼬리새가 산다'. 그
러고 보니 '꽃꼬리새'는 시인이지 않은가. 시집을 읽다 보면
자연스레 '꽃꼬리새'의 울음소리에 귀가 밝아지고 눈이 맑
게 트이는 것이다. 『두방리에는 꽃꼬리새가 산다』는 저 남

도의 모악산 동쪽 기슭에 있는 청정 지역 두방리에서 보내
는 편지이다. 편지의 행간마다 두방리의 숲길이 펼쳐지고
그곳에서 오랜 시간을 수행한 시인의 명상과 사색이 오롯
이 담겨 있다.

맑은 커피 한 잔을 들고 고양이 걸음을 밟는다

숲으로 간다 속삭임들이 한창이다 햇빛은 나뭇잎마다
눈 푸르다 혀 붉다

돌아가신 만곤 어르신의 웃음소리로 꽃대 엷은 잎들이
설핏 사운거리고

한 생의 짧은 달팽잇길을 따라 숨을 고른다

모든 쉼이 괴목 그늘 아래 눕는다 늙은 팽나무 잔주름
사이로 따스한 아픔이 여울져 하루가 고와지고 있다

썩고 텡 빈 줄기 바람만 가득하여 마음 가운데 홀로 된
고목들의 공허 쓰러져 누울지라도 가슴엔 하늘 소리

비우고 채움이 너와 나의 눈빛 사이 계절의 끄트머리 빗
방울들의 맑은 울림

겸허히 기도의 자리 무릎 꿇는 묵상의 깊이
　　　　　　　　　　　　　　—「두방리 서정시」 전문

　"맑은 커피 한 잔"을 들고 "두방리"의 "숲"에 들어가는 일
은 언뜻 보면 평범한 일상 중에 하나로 여겨질 수 있다. 하
지만 발걸음 소리 때문에 "숲"의 고요가 깨질까 봐 "고양이
걸음"으로 조심히 "숲"에 들어가는 '나'의 모습은 무언가 중
요한 의식儀式을 치르는 것처럼 보인다. 마치 신의 목소리
를 듣기 위해 사원寺院에 들어가는 신도信徒처럼 '나'의 몸가
짐은 경건하다.
　'나'는 "숲"에서 오로지 보고 듣고 호흡하기 위해 존재한
다. "숲"의 "속삭임들"을 듣고 "햇빛"에 비치는 푸르고 붉은
"나뭇잎"의 춤을 바라본다. "숲"은 온갖 동식물이 자라나는
생명의 공간이지만 뭇 생명이 태어나고 번성하는 것과 마찬
가지로 또 그 생명들이 쇠락하고 죽어 가는 죽음의 공간이
기도 하다. 숲속의 "엷은 잎들이 설핏 사운거"릴 때, '나'는
"돌아가신 만곤 어르신의 웃음소리"를 떠올린다. 생전에 이
숲길을 같이 걸었던 사람일 게다. '나'는 "한 생의 짧은 달팽
잇길을 따라 숨을 고"르며 생生과 사死의 흔적을 뒤쫓는다.
"늙은 팽나무 잔주름 사이로 따스한 아픔이 여울져" 있는
것을 바라보고 "썩고 텅 빈 줄기"로 "홀로 된 고목들"의 죽
음을 목도한다. '나'는 생生과 사死가 반복하면서 서로 어우
러지는 "숲"의 대자연 속에서 어떤 시적 진리를 깨닫는다.
"숲"은 온갖 생명들의 비움과 채움으로 이루어져 있다. "숲"

의 뭇 생명들처럼 인간도 태어나면 그 누구도 피할 수 없는 생로병사生老病死의 길을 간다. 우리의 생生도 "한 생의 짧은 달팽잇길"에 지나지 않는다. 찰나와 같다. 시인은 "홀로 된 고목들의 공허"와 생生의 덧없음을 발견하고 그러하기에 더없이 소중한 생의 가치를 깨닫는다. "숲"의 모든 만물들 위로 떨어지는 "빗방울들의 맑은 울림"은 깨달음의 징표이다. "생은 잠깐 맺힌 빗방울들의 독백"(『천상의 빗방울』)이다. 시인은 이 '빗방울들의 독백'에 귀를 기울인다.

  장욱 시인에게 "두방리"의 "숲"은 종교와 같다. 속세에서 벗어나 생의 진리를 바로 보게 하는 "묵상"과 "기도의 자리"이고 그로 하여금 "서정시"를 길어 올리게 하는, 마르지 않는 샘물과 같다. 이곳에서 "두방리 서정시"가 나온다. 그의 시는 "두방리"의 "숲"에서 배운 시詩이다. "두방리"의 "달빛"과 "가을"과 "하늘"과 "낙엽"과 "첫눈"과 "이슬"(『두방리에는 꽃꼬리새가 산다』)을 그대로 받아 적은 시이다. 대자연과 벗 삼아 오랜 시간의 "묵상"을 통해서만이 흘러나올 수 있는 "꽃꼬리새"의 노래이다. "두방리의 커피도 두방리의 고독으로 끓고 끓어야 두방리의 시가 된다"(『두방리에는 꽃꼬리새가 산다』). 인간이 결국은 돌아가야 할 근원이 있다면 그곳은 자연의 품속이다. 시인은 자연이 곧 우리 삶에 대한 영원한 비유라는 것을 분명히 보여 주고 있다.

  하늘과 땅 사이 까마득한 선 하나

생사의 고비를 넘어서는 상처

피 묻은 하루가 아름다운 일출 일몰 붉게 물듦
                                        ―「능선稜線」 전문

  "능선稜線"은 "하늘과 땅 사이"를 가로지르며 생과 사의
기로를 만들어 낸다. 대자연은 평온한 듯 보이지만 매시
간 "생사의 고비를 넘어서는 상처"를 품고 "피 묻은 하루"
를 보내는 것이다. 여명黎明과 황혼黃昏 무렵의 "능선稜線"은
우리에게 뭇 생명들이 엎치락뒤치락 무수히 피고 지는 대
자연의 섭리를 분명하게 일러 준다. 장욱 시인은 대자연을
통해 삶을 배우고 시를 쓴다. 그가 바라보는 자연의 모습
은 어떠할까.

    꽃들은 돌아가기 위해 남은 생을 흔들린다

    흔적도 없이 슬픈 몸짓 하나까지도 사랑은 사랑의 기억
  을 지우기 위하여

    묻노니 세상에 나와 무슨 빛깔을 더했느뇨 향기를 통틀
  어 고운 듯 살았느뇨

    이 생이 부활의 뜰에 다시 선다면

누구의 눈빛을 향하여 부르짖으랴 다소곳이 제 몸에 제
이름 부벼 넣고 4월도 지나 5월의 침묵 봄 그늘 깊숙이
                              ―「꽃들의 귀향」 전문

대자연의 섭리는 생성과 소멸이 무한히 반복하는 것이
다. "꽃"은 자신이 소멸하는 것을 두려워하지 않는다. "꽃
들"이 온몸으로 흔들리는 것은 이번 생에서 겪은 "사랑의 기
억을 지우기 위"함이다. "흔적도 없이 슬픈 몸짓 하나까지
도" 다 지우고 다시 '무無'로 돌아가기 위함이다. 지금의 삶
이 보여 준 "빛깔"과 "향기"가 육체의 스러짐으로 모두 사
라진다는 것을 "꽃"은 생래적으로 알고 있다. "꽃들"은 자
신의 온몸으로 강렬하게 이 한 번의 생生을 살아 낸다. "꽃
들"은 "부활의 뜰에 다시" 서서 놀랍도록 전생前生과 똑같은
"빛깔"과 "향기"로 돌아올 테지만 매번 처음인 것처럼 "누구
의 눈빛을 향하여 부르짖"는 단 한 번의 생을 살아 낸다. 시
인은 "남은 생"을 온몸으로 흔드는 "꽃들"의 모습에서 삶의
뜨거움과 강렬함을 발견하는 것이다. 이 흔들림은 생을 향
한 끝없는 사랑의 증거이다.

　　　그대 빈 몸 홀로 흔-들-거-리-더-니

　　흰 꽃을 피웠네 바람도 지나쳐 가고 햇빛은 슬플수록 고
운 자리 갈아 눕히고

그대 소리 없는 헛웃음 한 다발 펄럭이었네

고운 심성이 어데까지 뻗쳤는지 먼발치 하늘도 물끄러
미 기대어 섰네

우리 집 강아지를 흙으로 돌려보내고 숨 한 번 쉬지 못하
고 가까스로 돌아선 길

한없이 흔들리는 망초 꽃밭 흰 영들의 깨끗함
                            ―「그대의 망초 꽃밭」 전문

　"망초"는 아무것도 없는 "빈 몸"으로 "홀로 흔-들-거"
린다. 유독 이 "망초"의 흔들림이 눈에 띄는 것은 무슨 연유
일까. 아마도 '나'가 "우리 집 강아지"를 묻고 나서 바라본
풍경이기 때문일 것이다. "망초"는 "강아지"의 죽음을 위로
하듯이 "소리 없는 헛웃음" 같은 "흰 꽃"을 피워 낸다. 태어
나고 죽는 일이 매한가지이고 우리의 생이 꽃 피고 지는 일
이란 "소리 없는 헛웃음"에 지나지 않는다. 자연이 가르쳐
주는 생의 진실은 우리는 모두 소멸한다는 것이다. 시인은
"한없이 흔들리는 망초 꽃밭"을 바라보며 "강아지" 잃은 슬
픔을 추스른다. 이 '망초꽃'의 흔들림은 가슴 깊이 묻어 둔
울음이 만들어 낸, 생의 근원적인 진동이다. 그 "흔들림도
다 삭히고 나면"(「천년도 하루해」) 우리에게는 무엇이 남을까.

고향 서자리에서는 뻘떡기라고 하는 덩치 큰 바다 꽃게
한 망태 실려 와 붉음을 뒤집어쓰고 뻘떡뻘떡 몸부림쳤지

큰 집게 입을 들고 허공을 휘두르다가 힘이 빠지는 생의
좌절 속에서 딱딱한 껍데기들이 부딪히며 뒤집어졌네

대바구니 속에 수북이 쌓여 눕는 처연한 움직임들이 뿌
연 거품 속에 마지막 붉은 저항으로 소멸되고 있을 때

우리는 마지막이라는 의미를 생각했던가

뻘떡거리는 죽음 그 옆에서 애곡에 싸여 곰소 앞 뻘바다
곱던 노을 출렁임을 보았던가

　　　　　　　　　　　　　　　　—「뻘떡기」 전문

"뻘떡기"라는 "바다 꽃게"가 "망태"에 잡혀 와 "몸부림"을
친다. 그 모습이 "뻘떡뻘떡"이기에 "뻘떡기"라는 별명이 붙
었을 것이다. "딱딱한 껍데기들이 부딪히며 뒤집어"지는,
생에 대한 강렬한 "몸부림"이 눈앞에 펼쳐졌을 때 우리는
숙연해진다. 그 "처연한 움직임들이 뿌연 거품 속에 마지막
붉은 저항으로 소멸되고 있을 때", 태어나면서 동시에 죽음
앞에 놓인 존재일 수밖에 없는 우리의 생을 바라본다. "마
지막이라는 의미를 생각"하면서 죽음으로 스러질 수밖에 없
는 유한한 우리의 삶을 되돌아보는 것이다. "뻘떡기"만 "몸

부림"치는 것이 아니다. "뻘바다 곱던 노을"도 먼바다의 파
도에 맞춰 "출렁임" 속에 있다. 이곳은 "생과 사의 띠에 묶
여 푸르락 붉으락 소멸의 시간들이 채 돌아가지 못하고 어
느 섬 배경이 되어서 출렁이는 이승의 끝"(「배경이 아름다운 그
대」)이다. 살아 있는 모든 존재들은 온몸으로 흔들리고 "몸
부림"치며 "출렁"이는 것이다. 시인은 그 사물의 진동과 진
폭을 감별하는 자이다. 존재의 내부 깊은 곳에서 시작되는
떨림과 울림을 온몸으로 끌어안고 같이 아파하는 자이다.
장욱 시인이 이 존재의 곡진한 흔들림을 부여잡고 발견한
생의 진리는 무엇일까.

투명한 유리그릇 햇빛 속에 버리어진다

저만 휑허니 떠나가는 것 같지만 그 속에 세월이 있었네
기다림이 있었네

송순 따서 봄 초록 한 숨 푹 재워 놓던, 질경이 새순 따
서 질긴 마음 우려내던, 청매실 속 씨 빼내고 신맛 장아
찌 담그던

아내의 흰 손마디 곰삭아 내린 그 맑음 옆에는 눈망울
같은 시간들

다시는 돌아올 수 없는

오늘

하루

가네

─「빈 그릇」 전문

지극한 행복의 시간은 지나고 나서야 깨닫게 된다. 인생
에서 아름답고 충만한 순간들은 우리 곁에 짧게 머물다가
사라진다. 하루하루가 그렇게 조용히 사라지는 풍경이 우
리의 삶을 이룬다. 「빈 그릇」은 우리의 행복하고 충만한 시
간들이 어떻게 빛을 내뿜으며 사라지는지를 보여 주는 시이
다. 아마도 오래 쓰던 "투명한 유리그릇"이 낡아서 집 밖에
내놓은 모양이다. "햇빛 속에 버려진" "투명한 유리그릇"
은 저 혼자 버려진 것 같지만 그 "투명한 유리그릇"에는 함
께 "세월"을 보낸 "아내"의 "시간들"과 "기다림"이 포개어져
있다. "아내"는 "유리그릇"을 주로 "송순"과 "질경이 새순",
"청매실"과 같은 봄 음식을 담을 때 사용했나 보다. "아내의
흰 손마디"가 "곰삭아 내"릴 정도로 긴 "세월"을 사용한 그
"빈 그릇"에는 '나'의 애틋한 기억도 담겨 있을 것이다. 그동
안 "봄 초록"의 풋풋한 시간도 있었고 살아가는 일의 어려
움 속에서 "질긴 마음"을 우려낸 시간도 있었을 것이다. 하
지만 "눈망울 같은 시간들"은 이제 "다시는 돌아올 수 없는"
곳으로 사라진다. 오늘 하루가 가는 것처럼 지난 시간들은

"빈 그릇"과 함께 버려진다. "하루하루 사는 것이 나를 비워가는 여백"(「빈 커피잔을 본다」)인 것이다. "빈 그릇"은 우리가 가진 삶의 형식이기도 하겠다. 순간 담기었다가 비워지는 "빈 그릇"처럼 우리는 잠깐 동안 삶에 담기었다가 순식간에 비워진다. 하루가 담기었다가 또다시 "빈 그릇"이 된다. "허기진 소리 부딪혀 살아온 날들은 가고 뜨거웠던 가슴 이제는 텅 빈 막사발 하나 탱그렁 금 간 자국만 남아 세월 깊이 흐르는"(「빈 커피잔을 본다」) 것을 바라보는 것이 인생인 것이다. 시인은 "햇빛"을 받아 빛을 내는 버려진 "유리그릇"을 통해, 우리가 미처 의식하지 못한 채 사라져 가는 일상의 소중함을 다시 한번 일깨워 준다.

날이 따뜻허니

순천만 어부는 널배를 타고 나가 짱뚱어를 잡는다 왼발은 배 우에 두고 오른발은 뻘을 밀어

얕은 속바다 얼멍한 물빛 사이로 저 건강한 미물들이 숨을 쉰다는 것이 제 땅을 차고 튀어 올라 잠시라도 맑아지는

그 순한 섭리의 투명한 햇빛 속에서 쓰러졌다 다시 일어나 헹구는 억새밭 푸른 짓들의 바람 밖 빈 들

뻘밭에 던져진 빈 낚시 끝의 시간 갈고리 맺힌 속빛까

지 씻어

어부의 눈가상 잔주름에 이르른 무심천국
— 「무심천국」 전문

　"순천만"의 "얕은 속바다"에서 "숨"을 쉬기 위해 "제 땅을 차고 튀어" 오르는 "짱뚱어"에서 우리는 깨끗하고 "건강한" 자연의 숨결을 발견할 수 있다. "어부"는 "저 건강한 미물들"을 마구잡이로 포획하는 것이 아니라 "널배를 타고" "왼발은 배 우에 두고 오른발은 뻘을 밀"고 들어가 전통적인 방식으로 "낚시"를 한다. "어부"는 "순천만"의 풍경 속에 한 자리를 차지한다. "어부" 또한 "순천만"이라는 대자연 속의 구성물로서 "저 건강한 미물들" 중에 하나이다. "어부"도 "짱뚱어"도 마찬가지로 대자연 속에서 "숨"을 쉬고 있는 것이다. 생과 사를 모두 품고 있는 "순천만"의 모습은 한없이 평온하다. 시인은 "뻘밭에 던져진 빈 낚시 끝의 시간"처럼 무한한 시간 속에서 반복되는 생과 사가 펼쳐지는 대자연의 "그 순한 섭리"를 깨닫는다. "어부의 눈가상 잔주름에 이르른 무심천국"은 곧 시인이 도달한 경지이겠다. "순천만 어부"는 '두방리'에 사는 시인과 닮아 있다. 자연과의 교감을 통해 인생의 지혜를 배운다. 지금의 삶을 있는 그대로 받아들이고 조화롭게 살아가는 길을 발견하는 것이다.

　바람 하나면 된다

외로움 하나면 된다
빗방울 하나면 된다
깨끗함 하나면 된다

맑은 눈 깜박거림 속눈썹 하나면 된다

기다림도 아니다
그리움도 아니다

침묵하면 된다
묵상하면 된다

사랑아

너 거기 있으면 된다
나 여기 있으면 된다

혼자 서서 풀잎 사이 흔들릴 뿐이다
하늘에 대고 시 한 줄 쭉 긋어 쓰면 그만이다
내 마음 담아 둘 꽃 한 송이 높이 피우면 그뿐이다
                    —「하나면 된다」 전문

　　장욱 시인의 시는 "하늘에 대고 시 한 줄 쭉 긋"듯이 자연
을 그대로 받아 적는 시詩이다. "바람"과 "외로움"과 "빗방

울"과 "깨끗함"과 "맑은 눈" 하나를 그대로 받아들인다. '두 방리'의 숲속에서 눈앞의 자연을 보고 듣고 느끼듯이 "침묵" 과 "묵상"으로 "꽃 한 송이"를 대한다. "너"와 "나"만 있다면 다른 것들은 거추장스러운 장애물에 지나지 않는다. "혼자 서서 풀잎 사이 흔들"리는 풍경 자체가 바로 "무심천국"(「무심천국」)이다. "내 마음"속에 "담아 둘" "꽃 한 송이 높이 피 우"고 오롯이 한 존재로 살아 있음을 감내하고 또 기뻐하는 마음이 여기에 있다. 우리의 생은 잠깐 머물다가 사라지는 운명을 가진다. "혼자"만 피어 있는 것처럼 보이지만 사실 우리는 '같이' "혼자" 피어 있는 존재들이다. 그렇기에 시인 은 "짧은 인생들아 짧은 사랑들아 한 번은 절정의 때, 더욱 슬픈 우리// 꽃들은 혼자 피지 않는다 사랑은 혼자 울지 않 는다"(「사랑은 혼자 울지 않는다」)라고 노래한다.

장욱 시인은 "생과 사의 반짝임"(「꽃과 새와 검은 숫자」)으로 가득 차 있는 '두방리'에서 시를 쓴다. "간절한 생의 불빛 하 나 쓸쓸히 흔들리는 밤"(「저녁 불빛」)에, 그는 홀로 시를 쓴다. "떨어지는 꽃잎 소리 한 숨 받아 적"(「시의 땔감」)고 "오로지 한 송이 춤사위로 붉게 타"(「접시꽃」)오르기를 기도한다. "제 안 에서부터 흔들리는 것"(「추錘」)을 들여다보고 "생의 허무"(「두 방리 모감주나무 꽃」)를 감지한다. 그의 시詩는 자연을 닮아 있 다. "풀잎 사이"에서 흔들리는 한 송이의 꽃처럼 우리에게 다가온다. 그 생의 '흔들림'을 가만히 느끼고 싶다면 이 시 집을 펼쳐 보기 바란다. '두방리'의 숲이 순간 눈앞에 펼쳐질 것이다. 어느새 백 년이 넘은 나무들이 빽빽이 들어선 숲길을 따라 걷고 있는 자신을 발견하게 될 것이다. 당신은 "맑은 눈 깜박이며 말도 하고 숨도 크게 한 번"(『사이』) 쉴 수 있으리라. 무한한 위로를 느끼게 될 것이다.